Nur, weil wir etwas nicht sehen können,

heißt das nicht,

dass es nicht existiert.

Alexander K. Belej

tredition

Der Autor

Alexander K. Belej, im Jänner 1975 in München geboren, (Deutsch-)Österreicher, studierte berufsbegleitend Betriebswirtschaft und war mehrere Jahre erfolgreich selbständig, bis er sein „altes Leben", mit allem, was dazu gehörte, aufgab. Neben seiner jetzigen Tätigkeit als „Impulsgeber" für Körper und Seele in eigener Praxis, geht er - intensiver denn je - seinen Leidenschaften nach. Eine davon - das Schreiben - findet unter anderem in diesem Gedichtebüchlein ihre Erfüllung.

Er verfasst Gedichte und Geschichten, begleitet seine Lieder selbst auf der Gitarre und hat die große Freude an einfachen Dingen, wie zum Beispiel an einem guten Cappuccino oder langen Aufenthalten in der Natur, wo die meisten dieser Texte entstanden. Mit größtem Interesse ist er immer auf der Suche nach dem tieferen Sinn hinter allem im Leben.

Zu Hause ist er in Schwabmünchen, einer kleinen Stadt südlich von Augsburg, die ihm in den letzten 1,5 Jahren sehr ans Herz gewachsen ist.

Das Buch

...ist eine Sammlung aus dem Herzen entsprungener Gedichte und Gedanken in turbulenten Zeiten, aber auch mancher in ruhigeren Fahrwassern. Sie sind größtenteils entstanden im Jahre 2023, ein Jahr des Alleinseins nach schmerzhafter Trennung, geprägt durch sich wiederfinden, stabilisieren, Kraft schöpfen, begleitet von Hoffnungslosigkeit und Zuversicht, erfüllt von Mut, aber vor allem von dem Ergründen der Liebe:

Einer Liebe zu sich selbst und der Welt.

Alexander K. Belej

Feuer meiner Seele

Herzensgedichte

ISBN Softcover   978-3-384-30629-6
ISBN Hardcover   978-3-384-30630-2

Druck und Distribution im Auftrag des Autors:
tredition GmbH, Heinz-Beusen-Stieg 5
22926 Ahrensburg, Germany.

Inhalt

Vorwort

Unrein und verzerrend ist der Blick des Wollens.

Erst wo wir nichts begehren, erst wo unser Schauen reine Betrachtung wird, tut sich die Seele der Dinge auf, die Schönheit. Wenn ich einen Wald beschaue, den ich kaufen, den ich pachten, den ich abholzen, in dem ich jagen, den ich mit einer Hypothek belasten will, dann sehe ich nicht den Wald, sondern nur eine Beziehung zu meinem Wollen, zu meinen Plänen und Sorgen, zu meinem Geldbeutel.

Dann besteht er aus Holz, ist jung oder alt, gesund oder krank. Will ich aber nichts von ihm, blicke ich nur „gedankenlos" in seine grüne Tiefe, dann erst ist er Wald, ist Natur und Gewächs, ist schön.

Ist es nicht mit der Beziehung zum anderen Geschlecht genauso? Wie kann sich dann Glück und Ekstase entfalten, wenn wir die Beziehung nur als „zivile Konvention zur gegenseitigen Nutzung der Geschlechtsteile" sehen? Mit den Menschen und ihren Gesichtern ist es wie mit dem Wald.

Der Mensch, den ich mit Furcht, mit Hoffnung, mit Begehrlichkeit, mit Absichten, mit Forderungen ansehe, ist nicht Mensch, er ist nur ein trüber Spiegel meines Wollens.

Ich blicke ihn wissend oder unbewusst, mit lauter beengenden, fälschenden Fragen an: Ist er zugänglich oder stolz? Achtet er mich? Kann man ihn anpumpen? Versteht er etwas von Kunst? Mit tausend solchen Fragen sehen wir die meisten Menschen an, mit denen wir etwas zu tun haben.

Im Augenblick, da das Wollen ruht und die Betrachtung aufkommt, das reine Sehen und Hingegebensein, wird alles anders. Der Mensch hört auf, nützlich oder gefährlich zu sein, interessiert oder langweilig, gütig oder roh, stark oder schwach. Er wird Natur, er wird schön und merkwürdig wie jedes Ding, auf das reine Betrachtung sich richtet.

Denn Betrachtung ist ja nicht Forschung oder Kritik, sie ist nichts als Liebe. Sie ist der höchste und wünschenswerteste Zustand unserer Seele: begierdelose Liebe.

Haben wir diesen Zustand erreicht, sei es nur für Minuten, Stunden oder Tage (ihn immer innezuhalten, wäre die vollkommene Seligkeit), dann sehen die Menschen anders aus als sonst. Keiner mehr kann verachtet, kann gehasst, kann missverstanden werden. Dann fühlst Du plötzlich den tiefen Sinn des Lebens.

Hermann Hesse

Herzlich willkommen!
Lieben Dank für Dein Interesse.
Diesen erhellenden Text eines der bedeutendsten deutschen Schriftsteller unsrer Zeit wählte ich bewusst. Er beschreibt meine Sichtweise der Welt. Sie ist die Basis für die folgende, Dir hoffentlich Freude bereitende Poesie. Nun ist es an der Zeit, Dich daran teilhaben zu lassen. Es ist kein Zufall, dass Dir dieses Büchlein begegnet. Ich freue mich sehr, damit ein kleiner Teil Deines wundersamen Lebens sein zu dürfen.

Zum besseren Verständnis sei erwähnt, dass ich mir die schöpferische und gestalterische Freiheit nehme, die Form und Schreibweise der Zeilen meinen dichterischen Ideen anzupassen. Der deutschen Sprache bleibe ich jedoch vergnüglich in den allermeisten Fällen treu. Auch habe ich mir den Luxus erlaubt, die Gedichte nur vorderseitig zu drucken.

In diesem Leben durfte ich bereits erfahren, dass es einen bleibenden Zustand allumfassender, bedingungsloser Liebe geben kann, wie sie in den Weisheitslehren dargestellt wird. Auf dem Weg dorthin sehe ich mein Streben, allem und jedem mit Respekt und Zugewandtheit zu begegnen als eine Lebensaufgabe.

Ich bemühe mich auch, die angeblich kleinen, unscheinbar wirkenden Dinge wahrzunehmen und identifiziere die Liebe als das Fundament unseres Seins. Ich möchte Dich einladen, es mir gleich zu tun und begleite Dich gern auf diesem herzöffnenden Stück Deines Weges.

Alexander K. Belej im Dezember 2023

Foto Janice Gebauer

An einem Strand in der Camargue

*Südfrankreich
im Juli 2023*

An einem Strand in der Camargue

Gedanken schweigen still
Im zarten, warmen Licht
Der Abendsonne
Versink' ich tief in einer Dankbarkeit
Für alles Sein, ganz im Moment
Und in Ehrfurcht auch vor ihr

Ich tauche ein in eine Sehnsucht
Deren Gier zu stillen nichts vermag

Wo sanfte Wellen leise rauschen
Streicheln durch Ihr Liebgedicht
Den Sand unter meinen Füßen
Ein Duft von Lavendelblüten in der Ferne

Wenn Frieden ist, in mir
In meinem Herzen
So ist er jetzt
Denn die Gedanken schweigen still
An einem Strand in der Camargue.

An einem Strand in der Camargue –
Schwabmünchen, 29.08.2023

Agape

Warum nur wurd' die Liebe uns geschenkt
Wer hat sie einst erfunden
Wer hat unsre Seelen einst
An dieses Glück gebunden

Warum nur können wir nicht leicht
Der Liebe uns erfreu`n
Warum nur müssen Liebende
Ihr Tun so oft bereu`n

Freiheit Deines Herzensweges
Gehst Du mit mir, in mir drin
Bin so glücklich, froh, zufrieden
Dass ich Deine Liebe bin

Agape, jed` Geschöpf auf Erden
Vom Wurm bis hin zum Wal
Sind alle wert geliebt zu werden
Sie ist der heil`ge Gral

Agape - Jedenspeigen
im August 2023

Am Waldesrand

Den zarten Duft des Abendrots
Genieß' ich in der Stille
Und lausche einer Stimme
Die ohne Laut nur spricht
Die die Worte des Lebens nicht braucht

Der Sichelmond beleuchtet sanft
Eine weite Flur vor uns, wo Rehe äsen

Frieden ist, wo ich bin
Frieden ist in mir

In tiefer Dankbarkeit für alles Sein
Begleitet ein Waldkauz freudig in moll
Meine Gedanken an die Liebe
Mein Herz ist stets bei Dir

Und so verweil ich hier in meiner Stille
Gehüllt ins wohlig warme Schwarz der Nacht
Am Waldesrand.

Am Waldesrand - Schwabmünchen im
September 2023

An den Zwillingsbirken

So weil ich an den Zwillingsbirken
In Gedanken ganz bei Dir
Miss' Dich so sehr an meiner Seite
Wünscht' gar so sehr, Du wärst bei mir
Was tät' ich hundert Morgen geben
Um für immer Dein zu sein
So weil' ich an den Zwillingsbirken
Und weil' doch stets allein

Spür' ich auch weit mit meinem Herzen
Spür' Deine Wärme hier so nah
Kann Deines Herzens Seele sehen
Dein' Lieb' in mir so wunderbar
Was einzig Deine Blicke sagen
Unendlichkeit erfreut
Begrenztheit ist nicht mehr und fort
Doch Vernunft ist was mich scheut

So weil ich an den Zwillingsbirken
Es erscheint mir nun ganz klar
Dass Du mein Engel wahrlich bist
Und Träume werden wahr.

An den Zwillingsbirken - Schwabmünchen im
August 2023

An der March

Weinviertel
im August 2023

An der March

Du so weit, so fern
Und doch
Ganz nah bei mir

Vergess' ich mich, die Zeit
Bin Liebe nur

Im Flügelschlag des Rotmilan
Erhaben allen Seins

Wenn Zirruswolken
Zartes Rosa tragen
Sanft spricht sie mit mir
Geheißt mich zu Geduld, der Tugend
Die soviel Prüfung abverlangt

So wie sie fließt
Wird die Liebe stets ihr Ziel auch finden
Begreif' ich hier
Du bist bei mir
In all der Zeit
An der March.

An der March – Jedenspeigen
im August 2023

In traurig schweigend glatten Wogen
In schwierig harter Zeiten Ruh'
In grauen Wintern ohne Morgen
Sah ich nur meinem Leben zu

Ein Herz vergraben tief im Wald
Vor fehlend Wärme bitter kalt
Kein Hauch, kein Strahl es wärmt
Vor seufzend Wehmut klagend bloß
Gefangen in des Alltags Schoss
Voll Sehnsuchtsdrang es lärmt

Trittst Du hervor zu jener Zeit
Die besser nicht gewählt
In Deiner selig Leichtigkeit
Die Lieb und Lust vermählt
Du tust nicht viel, Du bist nur da
Und dennoch voller Kraft
Gibst Du dem welken Boden Feuer
Was vor Dir so noch keine schafft'
Mit Deiner großen freien Seele
In Deinem wunderbaren Sein
Durchströmst den Wald mit Deiner Wärme
Denn ich bin nicht allein

Danke
2/2

Die Kraft steigt auf in meiner Brust
Du treibst die Sonne tief hinein
Durchströmst auch mich mit Deiner Wärme
Nur lass mich nicht allein
Du hebst mich auf, erhebe mich
Kann endlich widerstehen
In meiner Schöpferkraft zurück
Darf ich nun weitergehen

Befreiung, Freiheit, Kindesmut
Solange nicht gespürt
Mit Tränen, die zu Boden fallen
Bin ich zu tiefst gerührt
Genährt von Deiner wohlig Wärme
Von tausend Tränen gut benetzt
Beginnt erneut in mir zu leben
Was schon lang zur Ruh' sich setzt'
Dafür Dir, mein Lieb, sei Dank
Auf ewig und noch mehr
In meinem Herz, Dein Platz besetzt
Geb' ich Dich nicht mehr her

Danke - Dasing
im November 2022

Die Macht des stillen Wassers

Die Macht des stillen Wassers
Sie reißt Dich mit im Strudel der Gefühle
In die tiefen Gründe Deiner wunderbaren Seele
Ertrinkst an dieser Stell' in einem Schmerz
Den dort zu finden nur Du vermagst
Der alt ist wie der Wandel der Gezeiten

Die Macht des stillen Wassers
Führt Dich dann zurück in warme Harmonie
Gibt Dir zurück, was Du verloren
All der Helden Kraft, die nötig ist
Die Ruhe und des Lebens Mut
Den guten Kampf zu führen

Die Macht des stillen Wassers
Erfüllt Dich bald so sehr, so stark und rein
In Deinem Sein und Deiner Tiefe
Dass Deine stolzen, weißen Schimmel
Stets die Liebe wieder tragen
In alle Welt.

Die Macht des stillen Wassers - Lechauen
Juli 2023

Du fragst
1/3

Du fragst, warum ich Dich nur liebe
Wo ich doch Deiner Schwächen weiß
Wo ich doch Deine Wunden kenne
Und Deiner Laster hohen Preis

Du fragst, warum ich Dich nur liebe
Weil ich Dich sehe, wie Du bist
Weil Deine Maske mich nicht täusche
Weil Nebel wunderschön, nicht trist

Weil Deine tiefen Wunden mir
Wie Deine alten Narben
Den Blick nicht trüben können und
Dein schönstes Innen offenbaren

Als schaut ich in Unendlichkeit
War unser erster langer Blick
Ich denk so gern an den Moment
Der warmen Seelenschau zurück

Weil Deines Herzens Feuersglut
Die Du so gut versteckt'
Die Liebesflamme hat entzündet
Und nun in mir die Lieb' erweckt

Weil Deinen Kern ich glaub' zu kennen
Das ganze Außen nur ein Schein
Ist so viel Grund da, 'ja' zu sagen
Und im Moment ich glücklich wein'

Mit Dir`s zusammen anzugehen
Dich, Deine Seele ganz zu heilen
Für immer für Dich einzustehen
Den Rest der Zeit mit Dir zu teilen

Das ist mein Ziel, ist mein Bestreben
Dich lachend immer nur zu sehen
Die Liebe in Dir wieder wecken
Mit Dir durch schöne Zeiten gehen

Du fragst
3/3

Die Vergangenheit befrieden
Die Wunden lecken obendrein
Mit Dir die Narben sehen, lächelnd
In Zukunft liebend glücklich sein

Das war und ist mein Bild vom Morgen
Und ja - nun weißt Du, was ich will
Mit einem Kuss von Deinen Lippen
Ich mir den Lebenstraum erfüll'

Wenn das geschehen, weiß ich nun
Will ich von Erden gehen
Will mit Dir tief in meinem Herzen
Meine Sterne wieder sehen.

Du fragst – Schwabmünchen
November 2023

Du

Du machst mich still, zufrieden
Lässt mich innehalten und vergessen
Sein und genießen
Frei von Gedanken

Nur Gefühl
Und das Wissen
Nun angekommen zu sein
Ich danke Dir so sehr dafür
Für diese Stunden
Deine Zeit
Deine Liebe
Deren Weite ich nur erahnen kann

Die Kraft Deines Herzens
Der helle Schein Deiner Essenz
Verstellt mir den Blick
Auf meine Zweifel.

Du – Jedenspeigen
Juli 2023

Durch Dich

Die Wärme Deines Herzens zu spüren ist
Wie die schönsten tiefsten Täler schauen

Getragen von warmen Wüstenwinden
Erfüllt von Bergen heißer Glut

Aus erhabener Höhe
Über allen Dingen stehend

Wie zu fliegen auf des Adlers Rücken
Delphinen beim Spiel zuzuschauen
Dem Schlupf der Schmetterlinge beizuwohnen

Wie alles Glück in einem Moment
In einem Augenblick
So viel Leid ungeschehen werden lässt

Wenn alle Träume, alle Sehnsüchte
Aus so vielen Leben
Sich nun zur Realität erschaffen
Durch Dich.

Durch Dich - Jedenspeigen
Juli 2023

Ewige Liebe
(Schwäne bleiben ein Leben lang zusammen)

Lechstau bei Hurlach
Frühjahr 2024

Ewige Liebe
1/2

Einst, so weiß ich, dass ich schwor
In allen Leben Dich zu finden
Da ich Dich viel zu früh verlor
So sollten wir uns an uns binden

Weil unsre Liebe ewig währt
Sie zählt nicht nur die Stunden
Verbindet sie doch unsre Seelen
Und heilt tief alle Wunden

Die Wärme dieser unsrer Liebe
War groß in all den Leben
So spürt' ich, als ich Dich da sah'
Es wird sie wieder geben

Doch der Moment, er hindert uns
Gelübde zu erfüllen
Geduld die Tugend nun sein muss
Um uns in Lieb' zu hüllen.

So uns verwehrt ist zu genießen
Der Torheit obliegt der Verdruss
Siehst Du mich Tränen zart vergießen
Weil um uns ich so weinen muss

Nun glaub ich fest, es ist sein Wille
Der mich beständig zu Dir führt`
Und flüster leise in die schwere Stille
Dass nur Dein Herz mich rufen hört

Denn unsre Liebe, ja, Du mein Stern
Sie lebt nicht von dem Wort
Sie ist auch Fantasien fern
Sie ist an jedem Ort.

Ewige Liebe – Wertachauen
September 2023

Du Feuer meiner Seele
Du Liebe wutentbrannt
Da die Vernunft mir fehle
Gefühle sind verbannt

Zerteilt durch viele Schneiden
Verwelkt wie Rosenblut
Ist jetzt vorbei das Leiden
Weil Liebe so gut tut
Du Feuer meiner Seele
Du ewig Lebenslust
Du Feuer meiner Seele
Vertreib in mir den Frust

Du Feuer meiner Seele
Du Brennen in der Brust
Dass mir nie mehr die Liebe fehle
Du bei mir bleiben musst

Die Schönheit Deines Herzes
Die Tränen glücklich treibt
Im Angesicht Deines Schmerzes
Deine Liebe ewig bleibt

Das Lachen Deiner Lippen
Das ewig fröhlich sein
Lass keine Stimmung kippen
Bleib einfach ewig mein
Du Flamme meiner Seele
Du wärmst mich tief in mir
Du Feuer meiner Seele
Sollst stillen meine Gier

Du Feuer meiner Seele
Nicht wutentbrannt zu scheu`n
Unfähigkeit zu sprechen
Nur tun und nie bereu'n

Ich danke Dir in meiner Kraft
Ich fleh' Dich an zu geh'n
Tu Du, was ich noch nicht geschafft
Ich werd Dich wiederseh'n

Darf dann der Tod auch scheiden
Was immer nun beginnt
Vorbei ist jetzt mein ewig Leiden
Das Paradies im Sinn
Du Feuer meiner Seele
Du Heimat allen Glücks
Du Feuer meiner Seele
Mein Herz Du immer schmückst

Du Feuer meiner Seele
Du Wunder, Lebenslust
Du Feuer meiner Seele
Die Liebe in der Brust.

Feuer meiner Seele – Jedenspeigen
im August 2018

Fluss des Lebens

Marchauen bei Wultersdorf
Weinviertel
Sommer 2023

Fluss des Lebens

Spaziere doch am Fluss des Lebens
An seinen Ufern bade tief
In seinem Kühl
Versuche nie, ihn aufzuhalten
Er reißt Dich mit, bist Du nicht eins mit Dir
Zu viel

Spaziere doch am Fluss des Lebens
Atme bewusst
Dankbar für den Atemzug, wissend
Denn jeder ist einzig da für sich
Perfekt, wird so nicht wiederkehren
Du bist genug

Spaziere doch am Fluss des Lebens
Mit Freude teile Deines Herzens Weit'
Ströme Du, wie er so rein und voller Kraft
In Deiner Liebe
Bis in die Unendlichkeit.

Fluss des Leben - Lechauen bei Zollhaus
Mai 2023

Für Dich
1/3

Morgens sind die Zweifel da und
Abends/nachts der Mut
Die Zweifel werden bald vergehen
Und was dann bleibt wird gut

Die Sonne hoch am Firmament
Bescheint sie zart den Tag
Im Herzen nur die Liebe scheint
Weil ich Dich so sehr mag

In Deinen Augen diese Tiefe
Von tausend Galaxien
Vor Deiner Schönheit, Deinem Sein
Kann ich nur niederknie'n

Es war die Sehnsucht stark in mir
Dich abends zu erblicken
Gar meine Seele im Genuss
Mit Deiner zu beglücken

Ein Traum, mit Dir einmal zu reden
Dir auch nur nah zu sein
Verwirklicht nun in dem Moment
Gedanken klar und rein

Das Spüren Deiner Wärme bringt
In mir bestimmt den Mut
Den meinig Weg nun weitergehen
Tut mir die Kraft so gut

Wenn Seelen wie wir zwei sich finden,
Versprochen seit Äonen
So ist es einfach Schöpfungswille
Sich damit zu belohnen

Vielleicht mit Dir an meiner Seit
In welcher Roll' auch immer
Durchs Leben geh'n von Zeit zu Zeit
Verlierst Du mich garnimmer.

Für Dich
3/3

Dich schützen, ehren, Dich zu tragen
Auf meinen Händen, in meinem Herz
Sorg' ich für Licht an dunklen Tagen
Halt fern von Dir jedweden Schmerz

Vereint in diesem Seelenglück
Zu fliegen übers Meer
Zu tauchen tief in Ozeane
Mit Dir, wünscht' ich mir sehr

So schließ ich meine Augen nun
Und ziehe mich zurück
Doch tief in mir, in meinem Herzen
Träum ich von diesem Glück.

Für Dich – Schwabmünchen
31.Juli 2023

Herbsttage

Tief war`s wahrlich dieser Tage
In Wellen tauch` ich ein und aus
Und dabei plagt mich stets die Frage
Wie sieht denn nun das Morgen aus

Doch durch das Denken an das Morgen
Siehst Du nicht, dass Du jetzt bist
Vor lauter Denken, quälend Sorgen
Du zu leben heut' vergisst

Drum freu' Dich Herz und strahle weit
Halt` für Momente inne
Genieß` die Freude alle Zeit
Die Traurigkeit verrinne.

Herbsttagge – Wertachauen
September 2023

Hoffnung
1/3

Stets an Dich denken und Dich spüren
Angst, wohin wird mich das führen
Darin völlig fallengelassen
Losgelöst, mich loszulassen

Mich in Dir geborgen wissen
Schmerz empfinden, Dich vermissen
Herzensliebe, Herzensleid
Gehüllt in glänzend Engelskleid

Dir vertrauen, mich bemühen
Nicht noch hoffnungslos verglühen
Wie schon lodernd brennt die Brust
Noch Zeit Du überdauern musst

Lebst Dein Leben fern von mir
Du bist da und ich bin hier
So den Wunsch bei Dir zu sein
Bist so groß, fühl mich so klein

Schön und warm, Geborgenheit
Stets Dein Herz, die große Freud'
Groß und stark, mich an Dir laben
Mit Dir leben, Dich zu haben

Deine Stimm' in meinem Ohr
Wie zu den Anderswelten Tor
Dich zu riechen, Dich zu schmecken
Alles in uns tief zu wecken

Auf den Wellen mit Dir treiben
Ewig in der Höh' zu bleiben
Durch die Stürme mit Dir geh'n
In dunklen Höhlen Licht zu seh'n

Vom Wind getragen, raus aufs Meer
Am Strand zu träumen, wünscht' ich sehr
Durch Dünen lachend tanzen, schrei'n
In herrlich Wäldern, Dein und mein

Durch tiefe Wasser mit Dir schwimmen
Gemeinsam große Höh'n erklimmen
Fern der Zeit, fern aller Zeiten
Über grüne Wiesen reiten

Glücklichsein und Träume leben
Alles Dir von mir zu geben
Sei Du bitte wie Du bist
Sprich, wenn Du mich auch vermisst

Doch sag`s auch laut, nicht in Dich rein
Sollte hoffnungslos es sein
Und schlägt Dein Herz für mich nicht sehr
Es loszulassen fällt wahrlich schwer

Wenn von Tränen die Wangen benetzt
Stirbt die Hoffnung nicht zuletzt
Dann, wenn ich scheid' aus diesem Leben
Kann mein Herz erst frei Dich geben.

Hoffnung – Wertachau
im Sommer 2023

Ich schlief ein

Ich schlief ein
Ohne Dich

Ich wachte auf
Ohne Dich

Seit Anbeginn meiner Zeit.

Doch nun dürstet mich
Nach Deiner Liebe

Wie ein Samenkorn
Nach Wasser sich sehnt

In den Dünen.

Ich schlief ein - Lechauen bei Zollhaus,
September 2023

Ich sehe Dich

Ich sehe Dich
Mit meinem Herzen

Verblassend Deine tiefen Wunden
Zu rosig zartem Tulpenblüh`n

Ich liebe Dich
Mit Deinen Schmerzen

Geh` mit Dir die verbleibend` Runden
Bis unsre Seelen weiterzieh`n

Ich ehre Dich
Dein Licht wie tausend Feuerkerzen

Hab' ich nun endlich Dich gefunden
Will mit Dir ganz der Welt entflieh`n.

Ich sehe Dich - Lechauen bei Zollhaus,
September 2023

Im Nebel

Oberösterreich im Innkreis
Mai 2020

Im Nebel

Im Nebel steht es, blind und taub
Das Außen aufgewühlt
Man sieht es nicht, man hört es nicht
Es weiß nicht, was es fühlt
Allein, die Angst, sie tritt hervor
Sie spricht mit weher Stimme
Der Worte orientierungslos
Gebrauche Deine Sinne
Hör auf Dein Herz, bleib in der Ruh'
Gib der Geduld das Sagen
Dein Herz sagt Dir, vertraue mir
Vorbei sein Deine Klagen
Dein großes Herz, das Instrument
Nun Deine Lieder summe
Es rät - halt' ein und hab Geduld
Bis Dein Verstand verstumme

Vertrau auf Deines Herzens Kraft
Wird alles neu entstehen
Kommt bald ein Licht den Weg Dir weisen
Kannst Du bald weitergehen.

Im Nebel - Auensee Königsbrunn
11.September 2023

Lied vom Leben
1/2

Ich singe Dir ein Lied vom Leben
Da es Schöneres nicht gibt
Als die Liebe anzustreben
Jeder alles Leben liebt

Wenn Dein Tun Dich nur noch martert
Du nicht weißt, wie Dir geschieht
Ein Gefühl fühlt sich verloren
Das System nach unten zieht

Flieg nur hoch in wilde Lüfte
Spread your wings und fühl Dich frei
Steige auf, Du gute Seele
Spür Dein Herz und spür dies' High

Marionetten schnöden Mammons
In ein Hamsterrad gesperrt
Ausgelaugt, leer, ausgebrochen
Von allem hin und her gezerrt

Nun fühlst Du in Deiner Brust
Dein Herz will wieder schlagen
Lande sachte, nichts Du musst
Ganz egal, was andre sagen

Lied vom Leben
2/2

Nur weil einen Weg Du siehst
Muss es nicht Deiner sein
Nur weil um Dich scheint nur Wildnis
Bist gewiss Du nicht allein
Nicht zu sehen irgend' Pfad
Den vor Dir jemals jemand ging
Ist doch Dein Weg bereits betreten
Durch Dich und Deinen Zukunftssinn

Geh, fühl Dich frei und groß und mächtig
Bist stabil, bist felsenfest
Leb` die Liebe und das Leben
Nichts darüber kommen lässt
Wirst an einem Punkt im Leben
Voller Tränen schauen zurück
Und in Deinem Dann - Bewusstsein
Spüren, was für Dich das Glück
Halt nicht an, Du gute Seele
Nur um Dir die Ruh zu sein
Geh den Weg, der Dir sich zeige
Wisse, Du bist nie allein.

Lied vom Leben – Marchauen
im Juni 2018

Momente

Ich danke Dir
Für die Momente vollen Glücks
Die zu Sekunden sich verbanden
In denen die Blicke sich trafen
Zu lang, um nur bedeutungslos zu sein

Wissend, wer wir sind
Verstehend, wie wir sind
Vertraut wie Jugendkind
Die Seelen sich austauschend in der
Ewig während Zeit
Dieses einen Augenblicks

Im Herzen ruhet fest
Was tosend Wasser sonst erzeugt
Die Sehnsucht stillt kein Ungetier
Dich nehm ich immer mit
In diesem Augenblick

Ich danke Dir.

Momente – Marchauen
im August 2023

Orte meiner Tränen

Hufeisen, Altarm der March bei Sirndorf NÖ
August 2022

Orte meiner Tränen
1/3

Es sind diese Orte, Plätze, die ich mir suchte
An denen ich so oft verweilen durfte
Die tiefe Seel', mein warmes Herz
Ich heilen durfte
Diese Orte, wo stundenlang
Ich Tränen weinte

Tränen aus Angst, Tränen des Verlustes
Tränen der Resignation, Tränen des Schmerzes
Tränen aus den Weiten meines Selbst
Gestützt von einer höheren Kraft

Dort, wo es so still wurde in mir
Ich mich verloren hatte
Ich ganz tief in mir und bei mir sein musste
Um loszulassen.
Stille

Und erneut begeb ich mich dorthin
An diese Orte
Um mich mir zu stellen, erneut
Für den guten Kampf bereit,
Den heiligen Krieg

Orte meiner Tränen
2/3

Ich erinner` mich meiner Tränen
Lass ich mich ein, tauche ab
Doch dann

Dann stell ich plötzlich fest
Etwas ist anders
Stärker, neuer, noch tiefer, präsent
Ich bin

Ein Biber geleitet meine Gedanken
In die Wärme
Während Abendwind
Sanft durch die Auenweiden streicht
Singt er sein allabendlich Lied

Ich bin Stille, frei von Angst
Ich bin Bewusstsein, so im Mitgefühl
Mit meinem Selbst aus jener Zeit

Und davon so ergriffen, weine ich erneut
Doch nun, nun weine ich vor Glück

Und Freude

Orte meiner Tränen
3/3

Und mit festem Wissen
Dass alles jetzt so richtig ist und richtig war
Ich, wie ich bin. Alles

Alles ist jetzt in dem Moment
Und nun vorbei die Zeit,
In der ich tausendmal gestorben

Ein Eisvogel taucht ein ins kühle Nass
Auf dem ein Schwanenpaar friedlich
Durch die Seerosen gleitet
Nun besuch' ich sie gern
Als mein neues altes Ich

Diese Orte purer Kraft, purer Energie
Dort, wo die Silberreiher
Zur Nachtruhe sich sammeln
An den Orten meiner Tränen

Denn nun vorbei die Zeit
In der ich tausendmal gestorben.

Orte meiner Tränen – Marchauen
im August 2023

So will ich mit Dir gehen

Deine Augen verleih`n mir Flügel
Um mit Dir die Welt zu seh`n
Dieser Tiefe warmer Sehnsucht
Nie mehr aus dem Wege geh`n
Ist die Angst erst überwunden
Und das große Herz erwacht
Ist nun Neuland zu erkunden
Das hat Dich zu mir gebracht
Und wenn sich find't, was nun soll sein
So wird daraus entsteh`n
Wo alles Glück der Welt verweilt
So will ich mit Dir geh`n
Deine sanften, zarten Finger
Führen ruhig und fein die Zügel
Des Gespanns, das wir wohl sind
Weht ein Sturm kalt aus dem Norden
Eisig, drohend, berstend, brechend
Meine Brust sich stellt dem Wind
Durch alle Wogen, Wellen, Brecher
Seit an Seit zusammen steh`n
Im Mondlicht träumend Sterne schau`n
So will ich mit Dir geh`n.

So will ich mit Dir gehen – Dasing
im November 2022

Danke, Tinka

2004 - 2021

Tinka

Ich denk so gern an unsre Zeit
Und wein so gern die Tränchen
Für jed` Sekund` in Dankbarkeit
Küss ich zart Deine Strähnchen

Deine kalte Schnauze küsst'
Mich zärtlich wach am Morgen
Mag ich mich gern verlieren in Zeit
Hinweg sind all die Sorgen
Du warst für mich ein Seelenlicht
Und ebenso auch Lehrerin
Führst mich beherzt durch tiefe Stunden
Stets an den Sinn des Lebens hin
Dann eines Tages war's soweit
Kam Deine Zeit zu gehen
Im Herzensschmerz so sehr zerstört
Werd` ich Dich wieder sehen

So treu wie immer Du mir warst
Will ich Dich nie vergessen
Die Tränen wein ich weiter gern
All's andre wär' vermessen.

Tinka – Jedenspeigen
15.August 2023

Vom Bussard

*Am Himmel hoch dort zieht ein Bussard
Seine weiten Kreise
Lebt doch sein luftig Leben er
Auf eine ganz besonders freie Weise
Er hält sich klug, ja mühelos und wohl begnadet
Wo still die Lärch`
Im frischen Tau des kühlen Waldes badet
Aus allem raus*

*Bis er sie schlau vor`m Wurzelstock sieht sitzen
Von hier nach da wähnt er sie flitzen
Stößt dann alsbald hinab im Flug
Starke Schwingen flattern Zug um Zug
Und greift die Maus*

*So lehrt der weise Bussard Dich das Fliegen
Zu stehen über Dingen
Zu schau`n die Welt, die Müh` in Dir besiegen
Mit ruhigem Herzen dem Moment
Das lange Ziel vor wachen Augen konsequent
Erstrebte Beute abzuringen.*

*Vom Bussard – Lechauen
im Sommer 2023*

Tristesse der Zeit

Lieber verbrenn`ich mich
Als zu unterkühlen

Lieber schmerzt mein Herz
Als nie die Liebe mehr zu fühlen

Lieber blicke ich
Auf tiefe Narben
Erfreue mich
Des Lebens Gaben

Anstatt mit glattem, schmierig Sein
Die Seele kalt
Ein Herz aus Stein
In der Tristesse der Zeit zu wühlen.

Tristesse der Zeit – Auensee Königsbrunn
05.Dezember 2023

Vom Loslassen
1/2

Deine Liebe gehen lassen
Wenn auch nur für eine Zeit
Ist schwer und schwer ist`s wahrlich auch
Zu seh`n den Wald in Dunkelheit

Legt sich so trist das schwere Grau
Des Schmerzes ins Gemüt
Verlierst Du auch den Glauben, wisse
Dass doch Wunderbarstes blüht

Vertraust der Liebe Du in Dir
Die Dir den Schmerz des Abschieds schenkt
Wirst Du ganz bald bestimmt mehr spüren
Dass Liebe alle Dinge lenkt

*Sei Du die Hoffnung und das Licht
Erhelle still die dunkle Flur
Mit Deines Herzens Lebensflamme
Leb` Deine Liebe nur*

*Dann kehr` zurück, was losgelassen
Scheint der Moment auch noch so fern
So freu Dich auf Dein Wiedersehen
Mit dieser Seel´, dem Herzensstern*

*Und dies Dir in Dei`m Herzen halten
In jeder noch so dunklen Stund'
Dich zu erinnern an die Liebe
Tu` ich als Freund Dir gerne kund.*

*Für Biggi........Vom Loslassen – westliche Wälder,
23.Oktober 2023*

Von der Angst

Es ist an Dir, jüngst zu begreifen
Wie Angst sich töricht doch verhält

Sie ist ein Steckenpferd, ein Laster
Ein Antrieb, eine Kraft und doch
Treibt sie Dich ohne wirklich` Not
Zu Wahn und Tod

Sie lieben, mit ihr umzugehen
Zu lernen ist, was zählt

Sie zu beschauen, wie sie ist
Was sie am Leben hält
Und Dich, bist Du
Mit Deiner Weisheit's Stimme

Drum ziele über Korn und Kimme
Sei eins mit ihr, dass Deine Kraft
Die ihre schafft.

Von der Angst – Königsbrunn
März 2023

Vom Neubeginn

Die Angst vorm Scheitern ist gewiss
Das größte Hindernis

So tief die Furcht, sie zeigt sich mir
Und hemmt mich. Ihr Gebiss
Reißt Tiefe Wunden

Die Fehler alter Zeit, Verluste, Trauer
So tief die Quell von Schmerz und Zorn
Ein nimmer endend kalter Regenschauer

Schon spürt ich warm Dein sonnig Strahlen
Es teilt so sanft das triste Grau
In mir zum Himmelsblau

Durf staunend nun ob meiner Wunden
Voll Kraft und Freud` - wie Welpen -
Mir neue Welt erkunden.

Vom Neubeginn– Auensee Königsbrunn
März 2023

Wenn Du nicht an die Liebe glaubst

Sonnenaufgang auf der Sonnenpyramide
Visoko BIH

Wenn Du nicht an die Liebe glaubst
1/2

Wenn Du nicht an die Liebe glaubst
Lass mich Dich überzeugen
Wozu nur einen Augenblick
Auch nicht durch ungut Missgeschick
Hier ohne sie vergeuden

Noch tiefer als Du je gefühlt
Tauchst Du so ganz nun ein
Wirst dann bald spüren, wer Du bist
Wie Liebe Deinen Gram auffrisst
Denn Du bist nicht allein

Die Liebe zeigt Dir Deinen Weg
Die Liebe stärkt Dich und die Welt
Die Liebe hüllt Dich in Ihr Kleid
Die Liebe stets an Deiner Seit`
Kopf, Herz und Seel` zusammenhält

Sie schaut und wachet über Dich
Stets aufrecht dazusteh`n
Und wenn die Deine mal nicht reicht
So greif nach meiner, kinderleicht
An deiner Seit zu geh`n

In Deiner Brust, da schlummert sie
Voll Kraft wie ein Vulkan
Lass Sie hervor, in großer Wog`
Und gib` Dich hin in ihren Sog
Fängt nun das Leben an

Wenn Du nicht an die Liebe glaubst
Jedenspeigen im Aug'2018

Wenn ich die Liebe bin

Auensee Königsbrunn
Sommer 2023

Wenn ich die Liebe bin

Wenn ich die Liebe bin
So kenne ich kein Hindernis
Und weiß von keiner Distanz

Wenn ich die Liebe bin
Ist fremd mir jeder Raum
So Interessiert mich nicht die Zeit

Ich kenne kein weniger
Ich kenne kein mehr
Wenn ich in Liebe bin

In dieser Liebe spüre Dein Herz
Von dieser Liebe
Erfüllt sei Deine Seele

Denn nur die Liebe ist absolut.

Wenn ich die Liebe bin – Auensee Königsbrunn
11.September 2023

Wenn Sterne strahlen

Wenn Sterne strahlen auf der Welt
So zeigen sie gewiss
Dass Menschsein leidvoll und ermüdend
Und doch auch voller Liebe ist

Nun, da Du gehst, von hier nach Haus
Erhellt Dein Licht die Welt nicht mehr
Wo viele Tränen Trauer zeigen
Trifft der Verlust uns schwer

Ist uns im Herzen tief gewahr
Dass Du bereits vollbracht
Was hier wohl Deine Aufgab` war
So viele sind erwacht

Kehrst Du jetzt heim ans Firmament
Mit unsrer Liebe als Geleit
Dein Erbe wird für immer sein
Dein Strahlen in alle Zeit.

Danke, Gunnar Kaiser!

Wenn Sterne strahlen - Schwabmünchen
23.Oktober 2023

Wo die Ruhe ist im Wald

Wo die Ruhe ist im Wald
Da, wo Elfen sich vergnügen
Wo der Sonne Wärme strahlt
Werd ich mich Deinem Willen fügen
Du stärktest mich in meiner Macht
Auch meinen Mann zu stehen
Mich zu erheben ist vollbracht
Werd` ich den Weg nun gehen
Den Weg, der mich zu Dir geführt
Zu Dir und meiner Seel`
Bin tief im Herzen ich berührt
Mach daraus keinen Hehl
Schon Jahre suchte ich nach Dir
Bis ich Dich endlich fand
Doch ist der Weg für uns versperrt
Wo uns soviel verband
Die Zeit fürs "Wir" ist wohl nicht reif
Vielleicht doch mehr als das

Dies all`s mein Herz noch nicht begreift
Die Wangen tränennass.

Wo die Ruhe ist im Wald - westliche Wälder
08.September 2023

Wo stille Wasser

Wo stille Wasser schweigend rauschen
Der Wind spricht dieses stille Lied
Da sitz`ich und geb mich dem Lauschen
Die Sonne ihre Bahnen zieht

Wenn Tränen tausend Worte sprechen
Wenn Schmetterlinge lustig tun
Durch Liebe tausend Dämme brechen
Beginn`ich drin zu ruh`n

Das Leiden brennend in der Brust
Ein stummer Schrei erschallt
Ein lodernd Feuer sei entzündet
Dass Wehklagen verhallt

Die Ruhe in mir, Stück für Stück
Die Säul`n sollen wieder stehen
Dreh dich nicht um, schau nicht zurück
Denn es darf weitergeh`n.

Wo stille Wasser – Marchauen
im August 2018

Wenn der Drache Feuer faucht

Mandichosee
Augsburg Sommer 2023

Wenn der Drache Feuer faucht

Weiße Winterwonne
Warm die Wintersonne
Wohlig windig
Dann und wann

Wenn ich wiederkomme
Wenn ich Kräftens kann, die fromme
Schöne Zeit zu heilen
Irgendwann

Wird mein Herz sich weiten
Jetzt in jenen turbulenten Zeiten
Da die Menschheit mich
So braucht

Wird der weise Krieger reiten
Mit Schwertern für die ewig` Liebe streiten
Wenn der wütend` Drache
Feuer faucht.

Wenn der Drache Feuer faucht – Königsbrunn
im März 2023

Dunkel der Welt

Zusammen sein
Den Feind verbellen
Seit an Seit
Dich ihm zu stellen

Im Glauben an das Höher' Selbst
(Es nicht nur Gott zu nennen)
Für einander, für die Liebe
Für der Erde Frieden brennen

Der warmen Liebe sich besinnen
Wo Feuerbäche beißend sind
Es richt' sich die Beschau nach Innen
Den heil'gen Krieg - das liebe Kind

Das wollen wir Krieger
Und das ist, was zählt
Beständig befrieden
Das Dunkel der Welt.

Dunkel der Welt – Schwabmünchen
Sommer 2023

Möcht` ich gern mit Dir geh`n

Meine Augen so tief schauen
Weit in and'rer Seelen Welt
Mich zu spüren, mich zu leben
Dich zu fühlen, Dich zu wählen
Das ist das, was für mich zählt

Drängst hinein mit Deinem Blicke
In meine Burg trittst unverdrossen
Mit Federn zärtlich öffnest Du
So spielerisch und unbedarft
Die Tore, fest verschlossen

Mit einem Mal fühlt' ich mich frei
Darf endlich ich nun sehen
Wie groß die Herzen Dein und mein
Mit Dir, gefühlt so himmlisch rein
Möcht' ich gern mit Dir gehen.

Möcht` ich gern mit Dir geh`n – Lechauen
im Frühling 2023

Im Ozean der Liebe

Ich
Bin ruhig in mir, zufrieden
Ruhe, dem schlafend` Tiger gleich
Verborgen im schattig` Unterholz
Aufregung legt sich
Zu nutzlosen Gedanken
Die so zur Routine sich aufdrängen

Inmitten all dieser spiegelnden Menschen
Beobachte ich - tief in mir ruhend
Frustes Treiben manch leerer Seele
Auf steter Suche
Nach nicht enden wollender Befriedigung

Der schmutz`ge Lärm ihrer Gedanken verblasst
Am warmen Strahlen meines Herzens
Nichts trübt die Stille in mir
Wie ein Stein versinkt der Schmerz
Im Ozean der Liebe.

im Ozean der Liebe – Königsbrunn
im Frühling 2023

Störche im Herbst

Gestern erst sah' ich Dich wieder
Dein Geist so offen für die Lieder
Tanzend, lachend, glücklich sein

Glühst gleich heißen Feuers Glut
Dein Blick, Dich spüren tut so gut
Mich so berauschend, seelenrein

Verflieget sogleich wie Störche im Herbst
Die Schwere in mir
Mich plagend, nun fern

Entspannt, voller Kraft in Deiner Nähe
Fühl', ja mein Herz
Ich Dich gar so gern

Doch weiß ich nicht, wie soll ich's sagen
Hast wohl Dein Herz bereits verschenkt
Lässt Deine Anmut mich verzagen
Den, der so oft an Dich denkt.

Störche im Herbst – Auensee
September 2023

Hüterin des Lichts
1/2

Licht bedient sich keiner Worte
Licht berührt das weite Herz
Licht ist wohl an jedem Orte
Licht heilt allen Schmerz

Wie Licht Du warme Seele bist
Ist Ewigkeit kein Schein
Weil alles Hier und Jetzt nur ist
In reiner Liebe sein

Lustwandle hier im schönsten Körper
Und leb` Dein Leben still
Befreie Deiner Quelle Kraft
Weil Schöpfersein dies will.

Hüterin des Lichts
2/2

So ist es Zeit, nun aufzustehen
Deine Flügel tragen weit
Dem Leben dienen, Du zu sein
Bis in Unendlichkeit

Deinem Herzen traue weis`
Führt Dich in Deiner Kraft
Mit Wärme bricht das ewigEis
Was nur die Liebe schafft

Heilst dadurch vieler Wesen Qualen
Geleitest aus dem Nichts
Hör mir, Du helfend Seele, zu
Du Hüterin des Lichts.

Hüterin des Lichts - Schwabmünchen
19.Dezember 2023

Der Welten Lohn

Es lohnt zu leben den Moment
Im Herzen frei der Wille

Vor Glück und Freud` die Lieder singen
In Liebe weit um Luft zu ringen

Zu sein, zu leben, permanent
Bewusst sich zu erleben

Wenn dies gelebt, wird reuelos
Zum Schluss das Alt` vergeben

Wo Eil, Gier, Torheit, Übermut
Stets Streben nach dem Mehr

Fehlt` sich besinnen ob des Spatzes
Lebenswillen gar so sehr.

Der Welten Lohn – Chokolaterie Königsbrunn
Sommer 2023

Seit' an Seit'

Wie alles Licht und Nahrung braucht
Um vollends zu gedeihen
Lässt Du mich stets an Deiner Liebe
An Deiner Sanftheit so erfreuen

Spür' ich Dein Herz so zart in mir
Mag mich an Dich verlieren
Fühl' ich mich ganz daheim bei Dir
Mein Leid lässt Du erfrieren

Durch Deine Wärme, Deine Nähe
Bin ich mir mehr denn je bewusst
Bin dankbar Dir, Du schöne Seele
Was ich Dir hiermit sagen musst'

Der stechend Schmerz in meinem Herzen
Darf und muss nun endlich gehen
Vorbei die Zeit der vielen Tode
Wir Seit' an Seit' zusammenstehen.

Seit' an Seit' – Marchauen
Sommer 2023

Nachwort

Es sind diese Episoden, die Dir zeigen, wohin die Reise gehen kann. Es sind Tage wie dieser, an dem ich mich gefragt habe: Hey, was ist denn heute schon wieder los? Wieso begegnet mir ausgerechnet heute dieser wunderbare Musiker André Rieu in meiner Playlist?

Willkommen an diesem Morgen, an dem Dich während des Aufwachens ein intensives, vertrautes Gefühl überfällt. Im nächsten Moment wird Dir klar - heute geht es mal wieder unaufhaltsam in die Tiefe, ungebremst, mit Vollgas.

Der morgendliche Genuss der Symbiose aus zart geschäumter Milch und einer kräftigen Crema eines duftenden Espresso doppio gerät fast in den Hintergrund.

Urplötzlich spüre ich einen unausweichlichen Sog einer tiefen Erfahrung und versuche mit aller Kraft dagegen anzukämpfen, halte aber nicht lange Stand.

Mich wirbelt es so sehr durcheinander, chaotisch und doch geordnet, intensiv, ursprünglich und erkenntnisreich, als könnte ich alle Existenz erklären, den Zustand vollkommenen Glückes begreifen, bis zu meinem Ursprung reisen, die Geburt, den Tod, das Leben verstehen und auf alle Fragen alle Antworten geben.

Ich fühle jedes Wesen, all meine Schwestern und Brüder um mich, ergriffen von spürbarer Vollkommenheit. Die Liebe verstehe ich als einzig wahr, als einzig absolut, als universale Kraft, in der ich bin und sie in mir. Ich bin eins mit allem.

Alle Aspekte vereinen sich in purem Bewusstsein, in diesem Moment. Ich bin überall. Ich erfülle und bin erfüllt. Ich vereine und bin eins. Ich lebe und bin Leben und ich schenke Leben. Jeder Schmerz, jede Trauer, jede Freude, jedes Glück erschöpft sich im klaren Erkennen meines unvergänglichen „Selbst".
Ich erlebe in diesem Moment die bedingungslose Liebe.

Tränen über Tränen ergießen sich befreiend über meine Wangen und gesellen sich nach freiem Fall bereitwillig zu den kleinen Pfützen auf meinem Balkon.
Wie bin ich erlöst in diesem Gefühl und ganz bei mir, ganz in diesem Moment.
Es ist mein 49ster Geburtstag.
Niemals wollte ich damals jemandem davon erzählen.

Danke

Ich will an dieser Stelle von Herzen meinen Eltern danken, die stets zu mir halten und den Glauben an ihren Erstgeborenen nie verloren haben. Wir sind gemeinsam durch schwierige Zeiten gegangen und haben gemeinsam geblutet und gelernt, voneinander, miteinander und füreinander. Ich wollte Euch nic verletzen mit meinem Rebbelischsein. Ich liebe und danke Euch von ganzem Herzen.

Ein tiefer Dank auch an Eva M. Diller für Ihre warme Freundschaft und Ihr Vorbild-Sein. Sie ist stets ein weiser Ratgeber mit großem

Herzen und einem Weitblick, der so sehr
über das Hier und Jetzt hinausgeht.

Herzlichst danken möchte ich auch Lena
Effinger, für fast 21 Jahre gemeinsamen Weges,
auf dem wir wachsen und reifen durften und ich
mich selbst und das Leben kennenlernen
konnte.
Für Dich und Deinen weiteren Weg alles Glück
auf Erden.

Und zu guter Letzt danke ich Dir, Du
feine Seele, für Dein Interesse an diesem
Büchlein und hoffe, es hat Dir ein wenig Freude
bereitet. Denn mit Freuden durchs Leben zu
gehen ist so wichtig und schön wie der Genuss
eines guten Cappuccinos.

*Wenn diese Zeilen auch nur
eines einzig Menschen Herz erfreuten,
seinen Geist bereicherten oder
seiner Seele schmeichelten,
so war es aller Mühe wert.*
Alexander K. Belej